Miau

Para Millie y Will,
que me ofrecieron mucha inspiración para este libro.
J. L. H.

Para Quintin y Abram:
escuchad a vuestros padres.
M. H.

Puedes consultar nuestro catálogo en www.picarona.net

La Princesa Traviesa contra el Caballero Valiente
Texto e ilustraciones: *Jennifer L. Holm* & *Matthew Holm*

1.ª edición: enero de 2020

Título original: *The Evil Princess vs. the Brave Knight*

Traducción: *David Aliaga*
Maquetación: *Montse Martín*
Corrección: *Sara Moreno*

© 2019, Jennifer L. Holm y Matthew M. Holm
Publicado originalmente por Random House Book for Young Readers,
Derechos de traducción acordados con Jill Gringer Literary Management LLC y Sandra Bruna Ag. Lit. S. L.
(Reservados todos los derechos)
© 2020, Ediciones Obelisco, S. L.
www.edicionesobelisco.com
(Reservados los derechos para la lengua española)

Edita: Picarona, sello infantil de Ediciones Obelisco, S. L.
Collita, 23-25. Pol. Ind. Molí de la Bastida
08191 Rubí - Barcelona
Tel. 93 309 85 25 - Fax 93 309 85 23
E-mail: picarona@picarona.net

ISBN: 978-84-9145-337-6
Depósito Legal: B-24.658-2019

Impreso por ANMAN, Gràfiques del Vallès, S. L.
c/ Llobateres, 16-18, Tallers 7 - Nau 10. Polígono Industrial Santiga
08210 - Barberà del Vallès (Barcelona)

Printed in Spain

Jennifer L. Holm

Matthew Holm

LA PRINCESA TRAVIESA CONTRA EL CABALLERO VALIENTE

Picarona

WITHDRAWN

Había una vez una Princesa Traviesa y un Caballero Valiente.

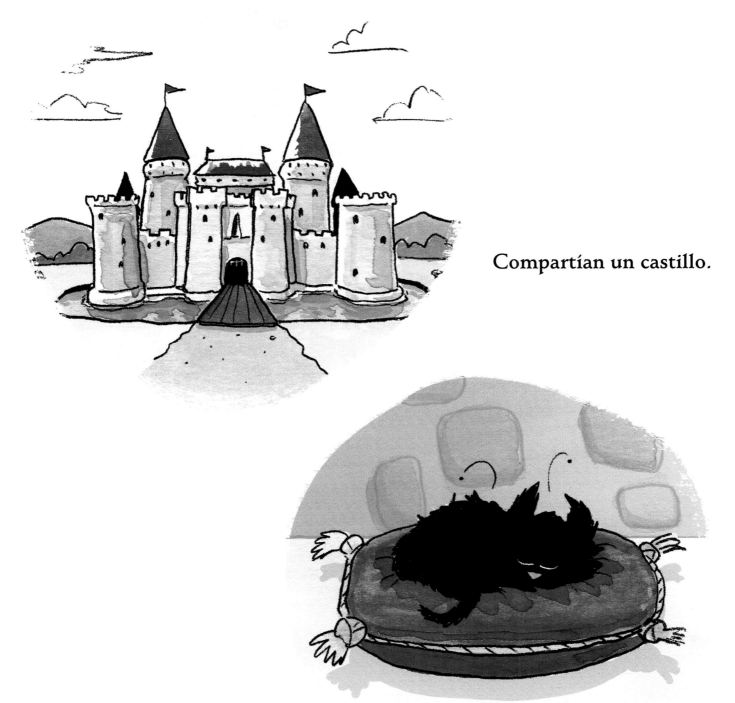

Compartían un castillo.

Compartían una gata pulgosa.

Pero tenían sus diferencias...

No era un reino precisamente pacífico.

¡TRIP!

La Princesa Traviesa no se sentía mal por ello.

Es lo que una Princesa Traviesa debe hacer.

El Espejo Mágico les dijo que debía reinar la calma...

...y los castigó en sus habitaciones.

Buscó inspiración en su biblioteca.

Sus súbditos temblaban ante su poder.

Pero pronto se dio cuenta de que no era
muy divertido ser traviesa estando sola.

Mientras tanto,
el Caballero Valiente
se puso a trabajar
en aquello de ser valeroso.

Protegió el castillo.

Se enfrentó a monstruos temibles.

Pronto se dio cuenta de que ser valiente
no era tan divertido.

El Espejo Mágico les dijo que podrían salir
de sus habitaciones si prometían portarse bien.

Era aburrido.

No tardaron mucho en dar con una.

(Aunque, a decir verdad,
la damisela estaba perfectamente).

El Caballero Valiente
entró en acción.

Esquivó a los dragones
hambrientos del foso.

Liberó a la bella
dama de su prisión.

Y la puso a salvo.

¡Esto es lo que el Caballero Valiente debe hacer!

Pero tampoco se iba a disculpar por ello.

El Espejo Mágico no parecía muy contento.

No era un buen momento para ser traviesa, ni valiente.

Aun así, tuvieron que limpiar el baño.

El Caballero Valiente se ofreció
a ir a buscar toallas secas al lavadero.

¡Es lo que el Caballero
Valiente debe hacer!

La Princesa Traviesa sabía lo que tenía que hacer
para restaurar el equilibrio en el reino.

Y no se sentía mal por ello.

¿FIN?